Les sandales
d'Ali-Boulouf

Les sandales d'Ali-Boulouf

SUSANNE JULIEN

Illustrations:
JEAN-PAUL EID

Données de catalogage avant publication (Canada)

Julien, Susanne
  Les sandales d'Ali-Boulouf

(Collection Libellule)
Pour enfants.

ISBN 2-7625-4019-4

I. Eid, Jean-Paul. II. Titre.   III. Collection.

PS8569.U44S26 1988   jC843'.54   C88-096352-2
PS9569.U44S26 1988
PZ23.J84 Sa 1988

Conception graphique de la couverture : Bouvry Designer Inc.
Illustrations : Jean-Paul Eid

© Les Éditions Héritage Inc. 1988
Tous droits réservés

Dépôts légaux : 3e trimestre 1988
Bibliothèque nationale du Québec
Bibliothèque nationale du Canada

ISBN : 2-7625-4019-4   Imprimé au Canada

Photocomposition : DEVAL STUDIOLITHO INC.

LES ÉDITIONS HÉRITAGE INC.
300, Arran, Saint-Lambert, Québec J4R 1K5
(514) 875-0327

À Linda, petite pensionnaire d'un été

Moulik

La tête haute, l'air dédaigneux, Ali-Boulouf traverse la place du marché. Il se moque bien des murmures qu'il provoque autour de lui.

D'ailleurs, pourquoi porterait-il attention à ce que les gens disent? Ils répètent toujours la même chose.

— Regardez, c'est Ali-Boulouf. Comme ses vêtements sont sales et déchirés…

— Il a dû les voler à un épouvantail.

— Est-ce vrai qu'il mange même des os de poulet pour ne rien gaspiller?

— Oui, il avale aussi les coquilles des huîtres et les pelures des oranges.

— Il doit se faire des salades de noyaux et de pépins.

— Avez-vous vu sa cabane? Il y a tellement de trous dans les murs qu'il pourrait aussi bien vivre dehors.

— Cet homme sent tellement mauvais qu'on dirait un vrai sac à ordures ambulant.

Mais Ali-Boulouf n'écoute pas les vilaines plaisanteries qu'on fait à son sujet. Les gens peuvent bien le trouver bizarre, ça ne le dérange pas. Au fond de lui-même, il trouve que tout le monde est fou.

En effet, pourquoi les gens gaspillent-ils tant d'argent pour s'habiller? De vieux haillons suffisent. Pour se nourrir, ils font toujours cuire trop d'aliments et en jettent la moitié. Ils vivent dans des maisons bien trop grandes, une bicoque fait la même chose. De plus, ils perdent un temps considérable à se laver quand c'est tout à fait inutile!

En réalité, Ali-Boulouf n'est rien d'autre qu'un avare! C'est un homme mesquin qui n'aime que les pièces d'or. Un vieux grippe-sou, quoi!

Sans même leur jeter un coup d'oeil, il

passe entre les kiosques de tissus multicolores et les étalages de fruits et légumes appétissants. Soudain, il s'arrête sec, le coeur frémissant. Il vient d'entendre le plus beau son qui existe en ce monde : des pièces d'or s'entrechoquant dans la main d'un client. Oh! quelle musique merveilleuse, de l'or qui tinte. Il pourrait passer des heures à écouter cette douce mélodie qui le réjouit.

Malheureusement, un autre son, moins agréable, vient le tirer de sa rêverie.

— Bonjour, mon oncle. Vous sentez-vous bien? Je vous trouve tout pâle, fait une voix.

C'est celle d'un jeune garçon au regard doux qui l'aborde en souriant.

— Ah! C'est toi, Moulik. Ne dis pas de bêtises, tu sais bien que je n'ai pas les moyens d'être malade. Les médecins coûtent une fortune pour t'annoncer que tu es atteint

d'une maladie imaginaire et pour te fournir des médicaments qui ne guérissent jamais rien.

Moulik éclate de rire et lui répond :

— À votre façon de parler, je vois que vous vous portez à merveille. Vous avez toujours un mot aimable et charitable envers votre prochain.

— Aimable? Charitable? Ça n'existe pas tout cela. Tu es bien jeune pour tenir de tels propos. Rentrons à la maison, il se fait tard et, la nuit, il y a des voleurs partout, ajoute Ali-Boulouf nerveusement.

— Je ne vois pas en quoi les voleurs peuvent nous déranger puisque nous sommes pauvres et sans le sou.

— Chut! Chut! Ne dis pas cela et viens vite, vite.

Ali-Boulouf se hâte vers la cabane. Malgré son âge avancé, il court chez lui, suivi de son neveu.

Le pauvre garçon habite avec son oncle depuis la mort de ses parents. Cela au grand désespoir de l'avare qui doit le nourrir et l'habiller.

Moulik, qui a bon coeur, ne se plaint jamais. Il essaie même de rendre la vie plus agréable à son oncle en accomplissant de petits travaux ici et là après la classe. Il croit que l'argent qu'il ramasse ainsi aide à payer les dépenses de son entretien.

Tout à coup, Ali-Boulouf trébuche sur une roche et manque de tomber. Sa sandale, vieille et usée, s'est brisée sous le choc. Qu'à cela ne tienne, il l'enlève et continue à courir, en la tenant dans sa main.

De retour à la cabane, le pauvre homme

lance sa sandale dans un coin et s'empresse de barrer sa porte. Il souffle un peu, puis demande au jeune garçon l'argent qu'il a gagné aujourd'hui.

— Je n'aurai mon salaire que demain. Vous le savez bien, mon oncle.

— C'est vrai, c'est vrai. J'oubliais. Bon, alors couchons-nous, il est tard.

Et tous les deux se mettent au lit. Moulik ne tarde pas à sombrer dans un monde peuplé des plus beaux rêves. Un monde rempli de princesses, de princes et d'aventures incroyables.

Le secret

Ali-Boulouf, lui, ne dort pas. Il écoute, il surveille, il épie. Quand son neveu ronfle bien fort, il se lève doucement et, sans faire de bruit, soulève le vieux tapis usé… Apparaît alors sur le sol, une trappe. Il l'ouvre et, d'une main avide, saisit un coffret de bois fermé à double tour.

Il prend la clé cachée sous son matelas. Couic-cric fait la clé dans la serrure. L'avare retient son souffle et jette un coup d'oeil au jeune garçon. Ouf! Le bruit ne l'a pas réveillé ! Il ouvre avec mille précautions le couvercle du coffret.

Ses yeux pétillent de joie à la vue des centaines et des centaines de pièces d'or qui brillent dans l'ombre. Un véritable trésor est enfoui là. Oubliant toute prudence, il plonge ses mains dans cette masse scintillante. Il compte sa fortune et s'amuse à en faire de hautes piles branlantes.

Il tremble d'émotion. Il parle même à son or. Il lui dit comment il l'aime et le trouve beau, que sans lui sa vie n'aurait aucun sens. Il s'excite de plus en plus et s'oublie au point de lancer un cri de joie.

Inquiet, il regarde autour de lui et tend l'oreille. Est-ce que quelqu'un l'aurait entendu? S'il fallait que l'on sache, que l'on découvre son or ! Ce serait terrible.

Mais non, tout est silencieux. Vite, il

range son trésor et le remet dans sa cachette. Le coeur léger, il se glisse dans son lit et pénètre lui aussi dans le pays des songes. Il rêve qu'il vole sur un tapis magique au-dessus d'une immense montagne d'or. Et elle est à lui, rien qu'à lui…

Le cadeau

Tôt le matin, Ali-Boulouf répare tant bien que mal sa sandale brisée. Puis, il part travailler. Moulik, de son côté, se met en route pour l'école, tout heureux de l'idée qu'il vient d'avoir.

« Oui, se dit-il, ce sera une belle surprise pour mon oncle. Il travaille tellement fort qu'il mérite bien une petite gâterie. Ce soir, avec l'argent que j'aurai reçu, je lui ferai un beau cadeau. »

Sa journée terminée, Moulik rentre donc à la cabane avec un paquet sous le bras. Il donne à son oncle l'argent de son salaire.

— Mais il en manque, s'écrie Ali-Boulouf. T'es-tu fait voler ou as-tu perdu ton argent?

— Ni l'un, ni l'autre, mon oncle. Je vous ai acheté un cadeau.

— Un cadeau! Mais tu as perdu la tête, mon enfant. À quoi penses-tu? Un cadeau, c'est du pur gaspillage.

— Pas dans ce cas-ci, lui répond Moulik.

Il déballe aussitôt le paquet pour son oncle. Le vieil homme aperçoit alors de belles sandales neuves sentant bon le cuir et souples comme des gants.

— Je les ai eues à bon prix, vous savez. Je sais marchander, explique le jeune garçon.

Ali-Boulouf n'ose pas montrer sa joie. Au fond, il est bien content d'avoir des sandales neuves. Elles lui vont si bien. Avec ses vieilles, il commençait à se blesser les pieds. Il soupire un peu en pensant à l'argent dépensé, mais, après tout, ça en valait la peine.

Moulik profite de la satisfaction de son oncle pour se débarrasser des vieilles sandales. En les tenant du bout des doigts et en se pinçant le nez (car elles sentent vraiment mauvais), il les jette à la poubelle et va porter celle-ci au chemin. Demain, les éboueurs ramasseront les ordures et son oncle n'y pensera plus.

Mais cette nuit-là, les soldats du calife, en effectuant leur ronde habituelle dans le quartier, détectent une odeur spéciale. Une odeur tellement désagréable qu'ils en ont des haut-le-coeur.

— Pouah! s'écrie leur chef. Quelle puanteur!

Et il ordonne à ses hommes de chercher d'où peut bien venir cette senteur épouvantable. Ils fouillent partout et finissent par découvrir la poubelle de Moulik.

Mais personne n'ose mettre la main dans la poubelle pour savoir ce qu'elle contient. Le chef décide de frapper à la porte de la cabane.

— Debout, là-dedans, j'ai à vous parler ! crie-t-il.

Ali-Boulouf se réveille en sursaut. Croyant qu'il s'agit de voleurs, il crie, tremblant de peur :

— Passez votre chemin, il n'y a personne ici et il n'y a rien à voler non plus.

— Au nom de la loi, ouvrez, lui commande le chef des soldats, ou bien je fais enfoncer la porte !

Le vieil homme court ouvrir et demande :

— Que puis-je faire pour vous? Qu'y a-t-il?

— Est-ce à toi? questionne l'officier en montrant la poubelle.

— Euh! oui, pourquoi? répond Ali-Boulouf, hésitant.

— C'est une vraie honte. As-tu envie d'asphyxier tes voisins? Qu'y a-t-il dedans pour puer autant que ça?

Ali-Boulouf plonge alors sa main dans la poubelle et en sort ses vieilles sandales. Il les montre aux soldats qui se bouchent le nez à tour de rôle.

— C'est dégoûtant, reprend l'officier. Je ne veux plus voir ces immondices dans la rue. Ici nous vivons dans une ville propre. Si jamais le calife apprend cela, il te fera sévèrement punir. Débarrasse-toi de cela cette nuit ; sinon, gare à toi! Compris?…

Et il laisse le vieil homme tout dépité.

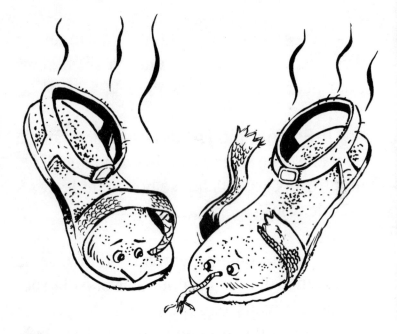

Bon débarras !

— M'en débarrasser ! M'en débarrasser !
Je veux bien, mais comment?

Voilà de longues minutes qu'Ali-Boulouf
tourne et retourne cette question dans sa tête.
Il ne peut même pas demander une sugges-
tion à Moulik qui dort à poings fermés. Tout
ce vacarme ne l'a pas réveillé. Le pauvre
garçon est tellement fatigué. Après la classe,
il travaille dur pour aider les pêcheurs à
vider leurs bateaux remplis de poissons.

— Mais oui, c'est une bonne idée, ça, s'écrie tout à coup notre homme dans un éclair de génie.

Il sort vivement de chez lui, se précipite vers le port et avance jusqu'au bout du quai. Il jette un regard aux alentours pour s'assurer que personne ne l'observe. Il prend alors son élan et lance de toutes ses forces ses vieilles sandales à la mer. Et il regagne sa cabane en toute hâte.

En soupirant, il se recouche, certain de ne plus jamais entendre parler de ses sandales.

Le lendemain, après la classe, Moulik retourne aider les pêcheurs. Mais malheureusement, il n'y a pas de poissons ce jour-là, ni le surlendemain, ni les autres jours non plus.

Au bout d'une semaine, les pêcheurs très inquiets se demandent ce qui peut bien faire

fuir les poissons. Ils décident donc de fouiller le fond de la mer. À tour de rôle, ils plongent à l'eau pour tenter d'élucider ce mystère.

L'un d'eux découvre enfin les vieilles sandales d'Ali-Boulouf. Dès qu'il les sort de l'eau, une odeur abominable se répand. Tous les curieux qui assistent aux recherches, reculent, écoeurés.

Surpris, Moulik ne peut s'empêcher de s'écrier :

— Ce sont les sandales de mon oncle !

Mais les pêcheurs en colère sont déjà partis porter leur trouvaille aux soldats du calife. Ils réclament que justice soit faite. Il faut punir celui qui a chassé les poissons en jetant de telles horreurs à l'eau.

Vite Moulik court prévenir son oncle de ce qui est arrivé. Mais il n'est pas seul. Le chef

des soldats a lui aussi reconnu les sandales
du vieil avare et il est déjà en train d'enguir-
lander le coupable.

— Alors, on essaie maintenant d'empoisonner les poissons? On veut que les
pêcheurs n'aient plus de travail? Qu'as-tu à
dire pour ta défense?

— Non, non, non, bafouille Ali-Boulouf. Vous m'avez dit de m'en débarrasser. C'est ce que j'ai tenté de faire. Je ne pensais pas que ça causerait un problème de les jeter à la mer.

— C'était une idée stupide, gronde l'officier. Mais comme tu m'as l'air de bonne foi, je vais alors te laisser une autre chance. Débrouille-toi comme tu voudras, mais je ne veux plus entendre parler de tes sandales !

Et il part en claquant la porte. Bien embêté, le vieil homme gémit :

— Que faire? Que faire? Moulik, mon garçon, as-tu une solution à me proposer?

Moulik se gratte la tête, marche de long en large et finit par dire :

— Et si nous allions les enterrer dans le désert?

— Oui! C'est parfait. Nous irons cette nuit, quand tout le monde dormira.

Les voleurs

Moulik tend l'oreille à gauche, il n'entend rien ; à droite, c'est le grand silence.

— Venez mon oncle, il n'y a aucun danger.

— Mais la lueur que je vois là, ce n'est pas une patrouille de soldats?

— Mais non, c'est la lune qui brille dans le ciel. Et c'est tant mieux. Grâce à cette lumière, nous ne risquons pas de nous perdre. Allez, venez.

D'un pas assuré, Moulik sort de la maison et prend la direction du désert, suivi de son oncle tremblant de peur. Ils quittent la ville sans se faire voir des patrouilles. Ils marchent longtemps sur le petit chemin pierreux et arrivent finalement à une vaste étendue de sable.

— Creusons ici, ça me semble un bon endroit, suggère Moulik.

— Non, un peu plus loin là-bas, au pied de la petite dune, ce sera mieux, propose son oncle.

— D'accord.

Et tous les deux creusent avec leurs mains dans le sable. Ils creusent et creusent sans s'apercevoir qu'ils sont tout à coup entourés d'un groupe d'hommes à l'allure louche.

Moulik et Ali-Boulouf sursautent quand ils entendent quelqu'un s'exclamer :

— Que faites-vous sur mon territoire, espèces de petits voleurs minables?

— Votre territoire? Que voulez-vous dire? Ici, c'est… le désert, bafouille Moulik.

— Ici, c'est ma partie du désert. Et tout ce qui y est enterré m'appartient. Je suis Abdoul, le chef des brigands du Sud. Et si vous ne me donnez pas tout de suite ce que vous cachez dans votre sac, je vous ferai écorcher vifs par mes hommes.

Tous les hommes qui l'accompagnent éclatent de rire et crient : « Oui ! Oui ! »

— Vous faites erreur, monsieur, explique Ali-Boulouf. Il n'y a rien de très important dans ce sac.

— C'est à moi d'en décider. Donne.

Le vieil homme s'exécute et tend un sac bien ficelé au terrible Abdoul qui entreprend de l'ouvrir. Moulik en profite pour chuchoter à son oncle :

— Préparez-vous à courir dès qu'il aura ouvert le sac !

Abdoul réussit enfin à déficeler le paquet et, au même instant, une odeur insupportable lui saute au nez. Il pousse un cri d'horreur puis ordonne à ses hommes de s'emparer des deux crétins qui lui ont joué ce mauvais tour.

Mais Moulik et Ali-Boulouf s'enfuient déjà à toutes jambes. Les hommes d'Abdoul aussi sont rapides, ils les talonnent de près. Moulik aperçoit enfin la ville devant lui.

— Un petit effort, mon oncle, nous arrivons.

Abdoul, de son côté, encourage ses hommes :

— Allez, les gars ! Plus vite, plus vite, il faut les rattraper avant les premières maisons.

Et tout le monde court, court, court sans le moindre répit. Malheureusement, Ali-Boulouf n'est plus très jeune et il s'essouffle rapidement. Les bandits se rapprochent de plus en plus et finalement l'attrapent.

— Nous t'avons, canaille ! Tu ne t'en tire-ras pas ainsi.

— Au secours! Au secours! Moulik, aide-moi!

— Trop tard! dit le terrible brigand. Ton compagnon est déjà loin, mais toi, je te tiens et je ne te lâche pas.

Cependant, Moulik n'est pas loin. Il s'est tout simplement caché derrière une maison. Mais que peut-il faire pour aider son oncle? Oh! une idée!

À deux rues de là, il y a un petit jardin où les soldats vont souvent se reposer la nuit pendant leur ronde. Vite, il s'y rend et rencontre justement une patrouille. Mais le temps presse et leur expliquer toute l'affaire serait trop long.

Alors, il se plante devant eux, leur fait un tas de grimaces, leur lance des insultes. Les soldats réagissent aussitôt en tentant d'attraper le vilain garnement. Poursuivi par la troupe, Moulik reprend sa course en direction de son oncle, prisonnier du féroce Abdoul et de sa bande. Il arrive sur eux juste au moment où le bandit fait respirer les sandales au pauvre Ali-Boulouf.

En apercevant les soldats, les brigands se sauvent à toutes jambes vers le désert. Les

soldats oublient alors Moulik et foncent sur eux. L'oncle et le neveu, épuisés, les regardent disparaître au loin. Peu à peu, leurs cris s'estompent.

Le vieil homme et le jeune garçon s'échangent un sourire et retournent lentement chez eux, emportant les vieilles sandales.

Au feu !

« Et si je les faisais brûler? » songe tout à coup Ali-Boulouf.

Il s'assoit sur son lit et réfléchit à cette idée. Il fera cela seul : inutile de réveiller son neveu pour brûler deux vieilles sandales. Comment n'y a-t-il pas pensé avant? C'est pourtant très simple comme solution.

Il ramasse ses sandales, sort dans la cour et prépare un petit feu. Quand les flammes sont bien hautes, il lance dedans les deux objets infects qui lui ont causé tant de malheurs.

Tout fier de lui, il se frotte les mains en sifflant un petit air gai.

Mais, oh! malheur, les deux sandales ne s'enflamment pas, elles dégagent une épaisse fumée noire qui empeste l'air. Affolé, le vieil homme essaie d'éteindre le feu à l'aide d'une couverture qui séchait sur la corde à linge. Dans son énervement, Ali-Boulouf ne commet que des maladresses et attise les flammes au lieu de les étouffer. Épouvanté, il crie à tue-tête :

— Au feu! Au feu! Aidez-moi!

Ses cris réveillent les voisins qui paniquent et se sauvent de tous côtés. Le brouhaha attire évidemment les soldats du calife, qui

réussissent à éteindre le brasier avec l'eau claire de la fontaine.

Une fois le calme revenu, ils traînent le pauvre Ali-Boulouf devant le chef des soldats. L'officier explose de colère :

— Cette fois, ton compte est bon. Trop, c'est trop. Je te jette en prison. Tu l'as bien mérité, empoisonneur public, incendiaire...

Moulik essaie de défendre son oncle, de lui trouver des excuses. Rien à faire, Ali-Boulouf se retrouve dans un cachot, gémissant sur son pauvre sort.

Le calife

Moulik décide d'aller voir le calife en personne et de l'implorer de libérer son oncle.

Mais le calife écoute distraitement les supplications du jeune garçon. Il est beaucoup trop occupé à déguster de délicieux melons frais et juteux. Il se contente de répondre qu'il y pensera plus tard.

Moulik est très inquiet pour son oncle. Le

coeur lourd, il quitte le palais et rentre chez lui.

« Sans doute ne reverrai-je jamais plus mon cher Ali-Boulouf », songe-t-il avec tristesse.

Moulik passe plusieurs jours seul dans sa cabane, à pleurer et à essayer de trouver un moyen d'aider son oncle. Tant et si bien qu'il ne se rend pas compte qu'une grande agitation s'est répandue à travers la ville.

En effet, tous les jours, sur la place du marché, un crieur public vient annoncer une étrange nouvelle :

— Oyez ! Oyez ! Bonnes gens de ce pays, écoutez bien ceci. Votre cher calife bien-aimé se porte très mal. Son médecin personnel tente de le guérir d'une maladie extrêmement grave et dangereuse. Mais les soins exigent un médicament à base de moisissu-

res spéciales. Tous ceux qui possèdent de vieux objets moisis sont donc priés de les apporter au palais. Par ordre de notre grand calife.

Tous les jours, une foule de gens se rendent au palais dans l'espoir d'aider leur monarque. Ils emportent avec eux des vieux chaudrons rouillés, des guenilles infectes et même du poisson pourri.

Tous les jours, le médecin examine ces objets. Mais sur aucun d'eux, il ne découvre la bonne moisissure qui guérira son maître.

Alors tous les jours, le crieur public retourne sur la place du marché pour lancer son message.

Et durant tout ce temps, le calife est de plus en plus malade.

Ali-Boulouf se désespère toujours dans

son cachot et Moulik continue à chercher une solution à son problème.

Jusqu'au jour où, n'ayant plus rien à manger dans sa cabane, le jeune garçon va au marché y acheter quelques provisions. Là, il apprend la terrible maladie du calife et la façon de le soigner.

N'écoutant que son bon coeur, il court chercher les vieilles sandales de son oncle qu'il avait cachées dans un coffre sous son lit et les apporte au palais.

En le voyant arriver avec ces affreuses choses puantes, les soldats veulent le chasser.

— Veux-tu empoisonner notre souverain? Va-t'en avec ces saletés.

— Mais non, je ne lui veux aucun mal. Je suis certain que ces sandales sont pleines de moisissures. C'est pour cela qu'elles sentent si mauvais. Laissez-moi les montrer au médecin, on verra ce qu'il en pense.

On le conduit finalement auprès du médecin, pour lui montrer les vieilles savates tout usées, sales et répugnantes. Après les avoir examinées soigneusement, celui-ci se met à sauter de joie.

— Hourra ! Hourra ! J'ai enfin trouvé la bonne moisissure. Je vais pouvoir guérir le calife.

Pendant que le médecin se met au travail et prépare un remède, Moulik retourne tristement chez lui. Il n'a toujours pas trouvé comment aider son oncle.

Le lendemain, on frappe violemment à sa porte. Ce sont les soldats qui viennent le chercher pour l'escorter jusqu'au palais, sans plus d'explications.

« Ça y est, pense-t-il, les sandales n'ont pas fourni la bonne moisissure. Et on va m'enfermer dans un cachot, moi aussi. »

Mais non, Moulik se trompe. C'est le calife guéri qui le reçoit et qui veut le remercier personnellement.

— Jeune homme, lui dit-il, pour te prouver ma reconnaissance, demande-moi ce que tu voudras et ton voeu sera exaucé.

— Tout ce que je souhaite, c'est que mon pauvre oncle soit libéré. Il n'a rien fait de mal, vous savez.

Et il lui raconte l'aventure des sandales. Le souverain trouve cette histoire très amusante et ordonne qu'on lui amène aussitôt Ali-

Boulouf. Celui-ci, croyant sa dernière heure arrivée, se jette aux genoux du calife et se met à dire tout ce qui lui passe par la tête :

— Pardon, oh pardon, votre Altesse ! C'est promis je ne le ferai plus. Je ne garderai plus jamais mes sandales aussi longtemps. Avec l'or que je cache sous mon tapis, j'en achèterai des neuves tous les mois. Mais de grâce, je vous en supplie, rendez-moi la liberté. Pitié pour un vieil avare comme moi !

À ces mots, le calife éclate de rire et lui annonce qu'il est libre. Il décide même de le nommer grand argentier du royaume. Il se dit qu'avec un tel avare, ses richesses seront sûrement bien gardées.

Et c'est ainsi que, depuis ce temps, grâce au dévouement de Moulik et grâce aux vieilles sandales d'Ali-Boulouf, l'oncle et le neveu mènent une vie de château au service du grand calife.

Table des matières

L'auteure

Susanne Julien raconte des histoires depuis longtemps. À Noël, elle a l'habitude d'offrir à ses trois enfants un conte inventé exprès pour chacun d'eux.

Lauréate du prix Raymond-Beauchemin de l'ACELF en 1987, son roman **Les mémoires d'une sorcière** est publié dans la collection «Pour lire avec toi» aux éditions Héritage. Un autre, pour les adolescents, est en préparation.

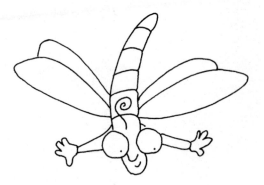

L'illustrateur

À la fin de ses études en arts plastiques, Jean-Paul Eid a fait de l'illustration soit pour des manuels scolaires, soit pour des agences de publicité et tout spécialement pour la revue Croc. Il a aussi collaboré à des films d'animation. La mention du Jury des enfants lui a été attribuée lors du concours d'illustrations Culinar.

La collection Libellule propose aux lecteurs de sept ans et plus de brefs récits et de petits romans palpitants écrits par des auteurs qui connaissent bien les jeunes. On y trouve des personnages attachants qui évoluent dans des situations inspirées de la vie quotidienne. Une typographie et une mise en page aérées augmentent le plaisir de lire des textes où l'humour et la joie de vivre sont toujours présents. Chaque ouvrage comporte une note biographique sur l'auteur et l'illustrateur.

Les petits symboles placés devant chaque titre indiquent le degré de difficulté de l'ouvrage.

🌿 texte moins long et plus facile.
🌿🌿 texte plus long et moins facile.

ACHEVÉ   D'IMPRIMER
EN SEPTEMBRE 1988
SUR LES PRESSES DE
PAYETTE & SIMMS INC.
À SAINT-LAMBERT, P.Q.